目錄

船仔人

兩行水手

遺落港

防風林裡的碎浪

推薦序

「浮浪」青年、海人與海事

蔡宛璇（詩人）

結構和機遇／在海風中漸漸變硬／黏在一起

閱讀這本詩集時，我彷彿與一位來到海港生活工作的青年同在現場。而這位青年的祕密身份，是詩人：他以細密的觀察，支撐出一張透著波光的文字之網，我便逐步被誘捕進這些以海港為集散地的人事物，所構成的一幅幅鮮跳的生活圖景中。回顧四面環海島國臺灣，所產出的海洋書寫，卻少得令人喟嘆。但現在，我們終於迎來了，一本以海岸生活圈為書寫對象的詩集——《浮浪》！

譚洋的詩，擅於掌握從某個場景開展的敘事線，看似是種隨性述說，卻有著令人感到愉悅的流暢和律動。事實上，這些如此貼近口語或日常對話的文字，幾乎褪去了多餘裝飾，有時讓我幾乎忘記我正在讀詩。而我認為，這樣「貼地」且相對「鬆弛」的文字，在對主題的掌握同詩意的拿捏上，恰恰是十分不容易的。也可能因為如此，我認知到他的詩文魅力，即是當讀者進入了詩中敘事之流時，在某個不經意時刻，遇到作者輕巧地撥送出的一排浪花、一股氣流，使我們突然得稍加停頓、感覺，或使我們的視線退遠，在面對那些已經開始令我們產生親切感的被描述事物時，有了調動觀看距離的彈性。這些詩，即便其中少數可能略顯過於平淡，但它們和有些刻意透過文字去彰顯作者性情，或企圖展現書寫技藝而精心雕琢的詩，產生了明顯的差異。相較之下，我更加喜愛這種被生活真實澆灌孕育、對其命題反覆咀嚼與經驗（或者說書寫者被其命題反覆咀嚼與經驗），從而枝開葉展的詩文字。

《浮浪》以四輯組成，分別為「船仔人」、「兩行水手」、「遺落港」、「防風林裡的碎浪」。裏頭的大部分詩作，呈現強烈的現場感和身體感。在詩集的第一輯「船仔人」裡，前半輯的詩，如同一系列有關海港工作現場的田野觀察取樣紀錄，我們能感受到寫詩的那人，既是個生活者，同時也是這個海港生態圈的見習者：

每艘船總有這麼一個船員
靜靜下樓抽油　掃地　清理救生衣
提醒你不用講他的名字
然後隱沒在下一班船的廣播裡
——〈沒有名字的大哥〉

在海腳家裡
擺一張大圓餐桌
有時是美夢
有時是嘲諷
——〈無人〉

　　但漸漸地，有些句子在輕鬆一如闡述身邊小故事的節奏中，帶出了第二層現實，例如：

來源成謎的深海大魷魚
在每個人都認得的油鍋裡滾
別的魚都找到
屬於自己的砧板和湯鍋
不會掉進這裡來
——〈漁市〉

或形式鮮明且統一的「兩行水手」一輯裡的：

「說『去海邊一下』，就是要帶些東西回來。」
他在吧檯聊起，拎著酒杯像扣下魚槍板機。
——〈獵人〉

到了「防風林裡的碎浪」一輯裡，多是近兩年的作品，除了書寫方式的轉變外，我們也可以看到一個愈發成熟的詩人筆觸。同時，不少處的詩中所反映出的，則是某種粼粼的內在現實：

水深及膝的地方
其實沒有浮力
波浪在那裡爆炸，死去
看似最安全的地方
那水深其實最難站起來
——和生活多麼相像
——〈碎浪〉

還有些詩，顯示出對現實的刺問和批判——即便某些詩作中的批判，是基於對被書寫客體的深刻理解和關照：關於海洋資源的衰竭、關於海洋法規、關於海洋遊憩業、關於海沙問題、或關於一隻被獵殺的海豚及其背後的結構性網絡：

海風摻著實話刺進耳朵
鏢旗魚的三支槍頭
已經埋進船上人們背心的縫線裡
一頭倒鉤責任理念，一頭絞緊人情事理
剩下一頭在海面上碎成北風
船隻緩緩輾過這些漣漪
——〈鏢〉

當然詩集中也有些語氣詼諧，且不乏黑色幽默浮動的小詩，例如〈「海人」〉、〈佈道者〉、〈不是故意的〉……用更輕巧的方式，挑起我們對主題的興趣或思考。

作為一本主題明確的詩集，詩作字裡行間，自然充滿各種海濱元素——但是，是以一個擔負其中一種工作者角色的視角，而非過客或遊人。透過這樣的視角所描寫的海人們，無論是有意識或更多時候是被生活和海洋律則推向各種日常搏鬥中，日復一日，或是「兩行水手」篇章中一則則句法簡潔但有效勾出角色與環境之餘韻的人物速寫，在譚洋筆下，時常散發出被海的巨大存在所浸透的遼闊無常氣息——當然有時也是一種近乎無可消解的等待或空缺氣息：鹽味的皮膚，無遮蔽的海平面，有些刺眼且讓人因此披戴沉默的濱海時光。這些透過各個詩作線條，層層描繪出的海港時空——即使他所書寫的海岸事物並不限於東海岸或花蓮，卻仿若融合為一個名為「海岸人生」的結界，那裏頭，有一些被作者譚洋的文字定置網所圈圍與指認的人物、時間與氣味，以及受命運的洋流在或遠或近牽動後留下的短暫波紋。他筆下的人，尤其是那些船員海腳漁人船長，透露著海上勞動者的特有氣息和語言節奏，同時，讀者也能感受到，彷彿對他們而言，海洋是一條巨大彈力網，那些依存著它生活的人們，擺盪在「無能為魚」的生理條件限制、陸地生活的相對缺席、海上經濟活動的引力、和個體內在需求之間……然而終究多數的他們仍是，選擇一次又一次地，跳上船，出海去——在詩人的見證下：

柔軟在柔軟地消逝

微小的堤防
永遠不變的昨天

像漁港和某個獨自垂釣的人
靜靜忍耐著時光
——〈命運〉

蔡宛璇簡介：
澎湖成長，旅法數年，現居臺北地區，創作媒介從裝置，圖像、錄像和詩文著手，她的裝置作品經常具暫時性，並與所存在的空間構成一特殊關係。著有個人詩文詩集《潮　汐》（2006，澎湖縣文化局出版）、《陌生的持有》（2013，小寫出版）、活版印刷有聲親子詩集《我想欲踮海內面醒過來》（2017，小寫出版）、《感官編織》（2021，小寫出版）。

海上事，學不完。

——討海人俗諺

船仔人

可能加入了「船仔人」的一刻

船長把自己抽到一半的煙
遞給你的時候

2018.10

沒有名字的大哥

每艘船總有這麼一個船員
靜靜下樓抽油　掃地　清理救生衣
提醒你不用講他的名字
然後隱沒在下一班船的廣播裡

2018.10

船尾的哈姆雷特

先拿船繩綁船好靠岸
還是先回答遊客稍縱即逝的提問？
這就是那個問題。

2019.12

桑迪亞哥與馬洛林*

今年要去考海腳**
跟你一起出海鏢魚！

好啊
有看到你們在划獨木舟
但我老了划不動

沒關係就來吧
到時我們同一艘船
想划的時候划
累了，我划
你休息

搞不好會遇到
比我們和船都更大的馬林魚欸***

不過說真的
沒有
也可以

* 海明威《老人與海》中的老人與男孩名字。
** 漁船船員的臺語俗稱。
*** 旗魚的俗稱。

2021.11 一稿
2023.01 二稿

傷心太平洋

喝醉的船公司大哥
一把攬住ＮＧＯ女孩

隔天酒醒了不好意思
在臉書上說拍謝

女孩笑笑說沒關係
每晚獨自開車回家

2018.10 一稿
2020.03 二稿

不是故意的

石喬假土魠
漂流木假背鰭
漁繩旗幟假海豚
浪花假豚游
遊客假船長
解說員假導遊
繞圈假遠航
海禁假親海

鹽和風浪
是真的

2018.08.19
自由副刊

父子

「阿勝！你給我待在那裡！」
船長領著學員體驗站鏢臺
一邊回頭
喊住他那隻像旗魚般
在船上亂跳的孩子

孩子等他一轉身
繼續探索甲板

學員一散場
船長捉起那孩子
跑上鏢臺　一起舉起鏢槍
興奮地瞄準水面上
他們自己的倒影

2022.01

玻璃纖維變奏曲

戴著鴨舌帽的大哥在港邊「糊船糜」
我們陌生地招呼
他聽我說「頭一次見到，想在旁邊看」
像鬆開了什麼似的笑笑
沒再說話
偶爾回答我幾個看準時機
小心抛出的問題
從單眼相機猜測我是記者
要是有穿背心
就知道是哪個單位
穿得越像平凡市民
越像來路不明

他最終讓我在旁邊，像小孩般
看他反覆著油漆工的動作：
在桶裡倒入兩種膠和硬化劑
用滾筒沾一沾
將美術紙似的玻璃纖維切割好
鋪到木頭船身上

滾筒將透明的膠浸到纖維裡
把纖維拓進船的身體

我觸摸過不只一艘船的玻璃纖維
那些經驗好像只為了來到這片刻
看它從名詞長成一串過程

一個穿皮衣的大哥來到船身邊張望
問他糊幾層，進度怎樣
看我拿起相機，詼說：
拍船就好，別拍他
他還有欠債！

我們都笑出來
因為前一瞬間想像這照片有機會公開刊登
我們笑這個笑話
以免嘲笑自己

鴨舌帽大哥沒有搭話
他的滾筒穩穩滑動
像要專注地用膠

隔開海水和人生
事實和語言

皮衣大哥說他們都是給人請的
船再十多天要下水
但馬上又說不知道得多久
港外就是東北季風
海邊的問題
遇到眼睛才有答案

玻璃纖維一張一張
融化成新的船身
像外加的骨骼，一堵
憑空冒出的牆
和木頭緊緊鑲嵌，準備下水
用往後的一生來航行

結構和機遇
在海風中漸漸變硬
黏在一起

2018.10

無人

失去行蹤的船
不再出海的船長
大夥兒喝酒聊天時
很自然地
繞開這些話題

船員證過期時
有人的兒子偷偷鬆一口氣
有幾個女兒長大了
沒有回頭

基隆的「腳力」
或者說　昨天的財神
比出自己的小指頭*
「我，這個啦」*
粗短的覆滿傷痕的指腹
還連著掌心
像被什麼斬斷一節

在海腳家裡
擺一張大圓餐桌
有時是美夢
有時是嘲諷

你沒聽過以實瑪利**
只是偶爾聽聞
有些船漂流被撿到
船上只有機械和鹽分
腐爛的漁獲和海鳥
此外
誰都不在

* 此段敘述改寫自魏明毅《靜寂工人：碼頭的日與夜》，游擊文化，2016。
** 《白鯨記》主角，全書一開始，訴說著自己忍不住要出海的緣由。

2022.01

暴雨的宴會

那個高大的男人
披著鹹膩受潮的夜走來
雨水沿路掠奪土地
燈泡在渙散的光暈裡迷途

我們一起走進那場
所有人背對背的餐宴
某人的身體貼上來
一面是同伴
一面是仇敵

不論喜不喜歡　都舉起酒杯
聽它跌回桌上的聲音
臉龐錯開後將說未說的句子裡
真心的煙霧從密室蒸發

有人聽見外面的暴風
正一輛輛掀起車底　尋找倖存者
雨是無數微小碎裂的砲彈

試探著脆弱的鐵皮
我們將故事誇誇其談
拌炒海鮮和爆笑
蓋過那些聲響

幾個不同桌的浪人
混入暴雨和合菜的交界
湊在屋簷下抽菸
無論是誰借到了火
最後都得回到自己的座位

用背影對風揮手
站在港裡的哪一艘船上
手勢都混合著激憤與傷心
厭棄與理解
懷抱希望　同時認命

桌子是圓的。今晚沒有人離群
就像這滿屋子的人們
也從沒真正聚在一起

2021.11

漁市

船長的姊姊在小吃攤
另一個船長家族開新餐廳
服勤完需要被餵些什麼
帶半生不熟的朋友喝魚丸湯時
我們從對岸走過來

另外一些時候
不穿制服的你帶學員走讀
船員下工經過你們：你今天來幹嘛？

來源成謎的深海大魷魚
在每個人都認得的油鍋裡滾
別的魚都找到
屬於自己的砧板和湯鍋
不會掉進這裡來

你思索著返回同溫層時的說詞
好顯得不會太油條
或太天真

雲像浪花一樣
一陣陣拂過港口和我們
無從遮蔽的上空

切割和被切割的都帶著油光
映在船隻倒影裡

買完小吃後
拿捏離開的時間
跟老闆娘說了謝謝
忘記說再見

2021.12

龜

你像冬天一樣
趴著不動了
任憑東北風、白頭浪
船長們喧囂的話機對談
湮沒鯨豚和今年春天的消息

希望是寒涼細小的砂礫
天空昏昏欲睡
被揉進眼裡的那些夢
讓夜提早垂落下來

難找的季節，人們說
明明想找的那些都在海裡

有些月份攸關隱藏
攸關原地待救
要趴伏前進　慢慢呼吸
孵化出凝視的卵

剩下幾個可以交談的同伴
圍著充當篝火的燈光
拍拍彼此肩膀
這個動作
讓我們活了下來

春天回來時
我們的生還
是另外一些人的盡頭
對此，海浪無可奉告

討海人看著這些
偶爾記得
有時也忘記

明年他們一樣討厭海龜*
雖然心底知道
牠們一直都在那裡

* 某些討海人不喜歡在海上看到龜，覺得是「敲龜（損龜）」、一無所獲的預兆。

2021.12

坡頭少年*

十五歲，魚腥味養大的少年
在港口風沙與新闢的水泥坡旁
清理舊漁網來賺零用錢

幼稚園開始學釣魚
小四開始理漁網
接繩、觀察網孔
小心理順方向
不要重複打結
他在不知何時到來的航行前
用功複習著這些

像那些急切咬餌的仔魚
當他發現我會訪談、拍照
他開始留意鏡頭
分享著自己才剛展開的生平

他小心地把糾纏漁網的漂流木抽出
然後粗獷地扔到旁邊草地
朝海巡弟兄們主動打招呼
笑著分享自己的進度
看對方不帶表情地看他一眼

一把沾漆弄鈍的小刀
一個路過的陌生環島客
就是他這個下午
全部的朋友了

他說：這個港口出海也滿常死人的
什麼原因呢？
他歪著頭，看來還沒理清楚
或是已懂得太多

我們在只有兩三個歇業攤位
彷彿已被遺棄的漁獲直銷中心前道別。
他說：哥哥
你可以拿這些照片去參賽
會有獎金

真獲獎了
他要分多少呢？
這點他始終忘了提

* 記新竹坡頭漁港見聞。工程後，風吹起沙堆，棄置路邊。

2019.12 初稿
2022.07 二稿

綠蠵龜——記簡船長

在每一個漁港
每一艘純白的帆船
都在尋找可以停靠的地方

船長披上白色外套
像要趕赴舞會
裡頭袒露的胸膛
藏著跟海巡跟水泥堤防交談
幾十年的刻痕

一隻放任時間在自己肚腹雕鑿
占卜吉凶的綠蠵龜
不問天氣或風浪
一趟趟迎向穿著橘色制服的
人們總記不住臉孔的衛兵
打趣同時抗議。這些年下來
旁人已讀不出
他在生氣還是在笑

看似背著笨重的殼
卻來去如煙
烈日海風裡
一個渺小的人
與另一個渺小的人
互相伸出交際的手掌
有些親切的笑容是堅硬的
有些打死不退的底線隨時準備挪移
像頭纜跟尾纜在一呼一吸間
商量著鬆緊

綠蠵龜*對我說：
你寫出了人間地獄
也沒人要看！

但他留著房間門口
那一整面書牆
靠岸的夜裡
不時給自己滴眼藥水

一雙已經懶得爭辯的眼睛
一眨一眨　翻讀著
明日逆光的海面

* 簡船長的帆船名與綽號。

2019.12

藍色訃聞

南方漁港傳來
一位討海人鏢到旗魚後
搏鬥兩三小時要把魚拉上來
最後心肌梗塞過世的消息

一名鏢手跟海中的兄弟纏鬥
至死方休
我不知道他的姓名

每當賞鯨船在海上與鏢魚船擦身而過
我都介紹那延伸如冠冕的紅色鏢臺
離海面六公尺高
一旁架著木製鏢槍
六點四公尺長，二十公斤重
我曾在成功鎮海環教室門前的鏢臺上
用吃奶之力舉起
顫抖地瞄準地上３D壁畫裡
那隻卡通旗魚

熟記鏢槍的長度與重量
（有三四種版本）
但我對鏢魚一無所知

也曾有旗魚尖吻穿透船員的喉嚨
那時聽起來只是故事
今日，一個鏢手在遠方的大海上逝世
心跳在波浪起伏中漸漸靜止
今日，花蓮港的鏢魚船們
依舊乘著陽光
巡弋七星潭灣
尋找曼波魚
鏢旗魚的故事和沙灘一同被侵蝕
敗退到記憶的山崖下

船員大哥聽我說想跟去鏢魚
擺擺手說你來幹嘛，都沒魚了
我對這樣的心情一無所知

十個鏢手
有八個斷手斷腳
有一個睡在大海上不靠岸了

還有一個活了下來
我們不知道他的姓名

* 記 2018.1.3，成功鎮鏢魚船漁民逝世。

2018.1.5

給桑迪亞哥——
致恆常不可見的《老人與海》

當我漂離中心德目和勵志標語的大陸
才終於在清晨的海濱遇見你
桑迪亞哥
我親愛的老古巴漁夫
你出海四天四夜
從故事中迷航到我身邊
小說未完
消逝在槍聲中的海明威沒有再光顧露臺酒吧
這回你真的是獨自一人了
我也一樣

我們都被迫記住故事主旨
忘掉你的名字
學會寫「不屈不撓」幾個字
而從未涉水航進你的海域
老桑迪亞哥
你雙手的掌紋用割傷鑿成

飢餓和漂流的海風刮走你的機遇
食腐肉的鯊魚分批搶劫你
大船載走你的兒女和孫子去找更多漁獲
你在小船上，被大馬林魚拉向遠方
漂流十五年
來到我定居的東岸
某一天早晨的區間車窗外
船上載著我已幾乎淡忘的父親
這麼多年過去
我認不出他已經成為了你
還是風化成一條巨魚的骨骸

夢中我也曾駕駛過
這樣一條小船：
老家那由西部搬來的床墊
漂出臥房　在海上降落
童年的風箏線像條不可見的船繩
緊緊繫在我已無從回歸的
家戶欄杆上

然後我順著鋒面南下
來到某間綠皮車廂
和你的小船並肩

老桑迪亞哥
海上只剩下我和你了
你是長者，父親，同伴與對手
是我憂傷頑抗多年
糾纏不去如百來隻鯊魚的命運

我們在大洋上攪拌成漩渦
捕捉海風捲成魚叉，互相戳刺
忘記日夜潮汐正削減彼此的生命
一路搏鬥著
漂向大海的盡頭

在那裡，不會有酒吧
沒有幫忙準備沙丁魚的孩子
在那裡，恩仇和糾纏都將被擱下
只有無從遲疑的消亡
或者倖存

老桑迪亞哥
我親愛的古巴漁夫
這就是你與我如此徒勞
僅僅追尋著巨大骨骸和歸返處所的一生

安睡吧。為了下一次苦澀疼痛的醒轉
為了我們未必能遇見的
深夜裡，非洲獅子群的夢幻

2019.12

俊男

俊男戴著太陽眼鏡
俊男的頭髮被海風梳（ㄓㄨㄚ）成鳥巢
皮膚被藍色曠野烤成沙威瑪色
俊男在你走到碼頭時
高聲喊你
像一聲汽笛叫醒停泊的船

俊男在頭尾解開船繩
俊男站在三樓
俊男踏著風吹不動的拖鞋
（或者踢到一旁待命
就像港口的某些職缺）
俊男背著望遠鏡
俊男看著那沒幾個人看得到的遠方

俊男獵取天空的盡頭
海平線融化的角落
那次無人知曉的海豚跳躍

俊男從麥克風音量裡掙脫
掃視四周
喊出其他人未曾見聞的方向

俊男聆聽每一班船
每一個故事
俊男通常不在廣播裡說話

俊男被命運和地理圍獵
俊男被介紹美女然後沒再聯絡人家
俊男被介紹美女結婚後整天在海上
俊男離開陸地
俊男回來港口
俊男活在一種
他常常不在的生活裡

你會在漁港遇到無數個俊男
好像漁港畫成《尋找威利》
每個人臉龐各異　衣著雷同
身形互相混淆：

汗衫、牛仔短褲、運動褲

（高價）眼鏡、船員制服和望遠鏡筒
氣管、割網短刀和袒露的上身
乾癟粗澀的皮膚　水花般炸開的笑聲

俊男目送父親出海
俊男首次跟船出海
俊男第一次握緊船舵
俊男登上鏢魚船
俊男賣魚丸
俊男跑魷釣船去了地球另一邊
俊男（年輕時）當過幾次海盜去偷魚
俊男想給家人買新船
俊男去中橫去南澳去前鎮去任何可能有大錢的地方打工
俊男考船長
有幾個俊男變成老船長變成領港變成船家
有幾個俊男家裡把船賣掉了
無數個俊男一直都是俊男
有的俊男沒伴跑去唱歌喝酒、簽賭、開查某
有的俊男有伴卻不久長他跑去唱歌喝酒、簽賭、開查某
有的俊男失去了伴跑去唱歌喝酒、簽賭、開查某
更多的俊男靜靜工作

解開船繩
出海
排水
維修
靠岸
綁緊船繩
沖洗船隻
踩上水泥碼頭

明天又回來

註：

與黑潮基金會海上解說員合作最密切的，往往是甲板上的船長與船員。他們是我們在海上最率真可愛的同伴。

他們或是不寫出名字地出現在這本書的其他篇章裡，或是和其他千百個討海人擁有相同的名字。比如我們在賞鯨船上認識的兩個俊男，有開船的日子裡，每天工作、瞭望；空檔時跟解說員們交換故事。想要描繪他們的形象和生活點滴，寫著寫著，卻發現這個名字足以通向另外一千零一個船員的生活與生命。以這些文字記下並感謝同船陪伴我們的俊男、另外一千個俊男，還有海邊所有，身分證上不寫「俊男」的俊男們。

2021.11 一稿
2023.01 二稿

兩行水手

遠洋阿嗚

「又要去坐水牢了」他去年留下這句話
我們在陸地上倒數著他上岸的月份

2022.07

海濱公路砂石車司機

在波浪摸得到的轉角
他駕著十個巨輪輕柔貓步掠過我身邊

2022.05

三副

海邊閒聊時他在紙上畫出
那艘貨輪穿越颱風群縫隙的航線

2022.07 一稿
2022.10 二稿

海線精品攤老闆娘

每周一她擺出鐮刀鍋碗鐵壺生活用品
散市後一件件收起沿台11線開去下一站

2022.05

路過的海腳

他在導覽人牆外受訪
解答幾個問題後抓好時機道別

2022.01

香香

無論我去過幾次港邊鐵枝路和小房間
這都不是她的真名

2022.02

港邊師傅

他聊起蚵仔寮和造船工法的地方沒有屋頂
下雨的時候我們永不相遇

2022.02

魚販

她站在空蕩蕩的魚市裡
把回音當成客人

2022.02

常客

海線小鎮的連假
素不相識的我們同時改去另一間美而美

2022.04

烤魚店老闆

以前在他路邊攤我們幾個邊吃烤魚邊跟他聊天
現在他住在港口新開大餐廳的油煙裡

2022.02

漁港移工

在東南亞歌曲繚繞的整補場我們跳過彼此來歷和自介
我說他補網專業他只是笑一笑：It‘s my job。

2022.10

海邊弓匠

到外地蓋輕鋼架前那位太魯閣族大哥不時教我做弓箭
幾支試射的箭現在還迷路在防風林裡

2022.08

獨臂釣手

一個下午他在七星潭拉起一百多隻「水針」*
聊著漁獲工作斷臂只是沒有提到家人

* 鱵科魚類的俗稱，體型細長、上下頜尖長如喙。

2022.09

（不只某位）老船長

他退休後傍晚散步的路線
緊鄰當年每天航行的花蓮港水道

2022.09

引水人

他用日夜顛倒搏風浪的人生賭贏了一套俯瞰港口的高樓公寓
每天煮茶學外文跟妻女在視訊螢幕上見面

2022.05 一稿
2023.02 二稿

鯨豚觀察員

每趟半個月　在海上瞭望鯨豚和風機
還有這份一兩年後結案的工作

2022.08

海軍親戚

多年不見的哥哥墜入軍艦巡航跟叱吒商場的回憶
我忍住不問他為何離家旅行來對我演講

2022.09

水上哥兒們

練習在聊天時自然地帶出自己家的水域活動
看到招募商船船員月薪十萬每個人心裡都動一下

2022.08

崖下教練

每一兩年清水斷崖邊的舟板和教練就換一批
朋友重逢先問候：你還有在那裡帶嗎？

2022.08

阿水

我永遠的同類。每隔一年半載她在另個海岸小鎮重新開始
我們像不同群的候鳥，遇見、交談，然後各自上路

2022.07

船祭男孩

成年是跑步、射蘆葦、一起扶古船海泳五分鐘然後轉頭上岸*
有些少年暗暗期盼著就這樣一路出海往外去——

* 花蓮吉安的里漏（Lidaw）部落，每八年一次的船祭成年禮過程。將要成年的男孩子們在化仁海灘一起扛著部落古船下海，以銘記先祖渡海而來、在此地上岸的歷史。

2022.09 一稿
2023.02 二稿

衝浪少女

把身體一天天削成古銅色、帶有水紋的樹枝
讓捲浪標示自己生活的去向

2022.07

海或・人

她伸手幫不相識的我跳下竹臺
人群整夜圍火歌舞又在天亮時各自散去

2022.08

港堤上的大姐

她坐在我們能望見但不可觸及的角落
沒去海裡但此刻也沒想回陸地

2022.07

石梯坪在地老外

你們是哪個團體嗎學校課程一次三十多人下去浮潛
這真是個完美辦法來破壞環境

2022.09

大洋舟舵手*

她用槳把身體搗入大海
陪著化為小船的先祖滑翔到下一座小島

* 隨夏威夷海歸職業舵手Yvonne（江伊茉）， 在杉原海水浴場划支架艇大洋舟（Outrigger Canoe）——不，該說是隨著船貼伏海面飛行——有感。

2022.09 一稿
2023.02 二稿

海邊咖啡館精靈店長

妳是依偎著海景的紅銅色火焰朝未來飄去
我們學會像白犬那樣靜靜守望不問歸期

2023.01

Lafin

這一年多來他的木雕作品是一艘邊架艇大洋舟
他們帶著生根於此的歌聲邊吟唱邊推船出海*

* 2022.09.26 原視影音新聞〈阿美藝術家造舷外浮桿獨木舟舉行下水儀式〉。

2022.09

獵人

「說『去海邊一下』，就是要帶些東西回來。」
他在吧檯聊起，拎著酒杯像扣下魚槍板機。

2022.06

沙灘上的舞者們

舞影這次要跳到哪一洲、哪個小鎮？
腳步沿路變成浪花、砂礫、木麻黃針葉和黃昏草叢裡的野兔*

* 註：INTW舞影工作室，長濱海邊舞蹈呈現〈應許之地〉情景。

2022.09

海鬼媽媽

晚上下水在礁岩捉魚貼補家計撫養孩子
白天和不同部落媽媽聊天等著去教會

2022.05

Lisa

她在東海岸照顧長者、空地種辣椒
也想著印尼海邊的房子和小孩

2022.02

拖鞋教授

放掉本名的老船長今天也在海邊搬石頭
每滴水在他身邊沖積成家園而每顆頑石流走

2022.02 一稿
2023.01 二稿

向日葵媽媽

每天為陽光和無人凝視的植物澆水
鹽水和海風將自己灌溉得枯瘦仍笑得發亮

2022.02 一稿
2023.01 二稿

遺落港

現實中的海洋管理

1

調查船出港前
我們比照遊客穿上救生衣
有人將一兩個扣環扣起
有人只是披著

一離開海巡弟兄的視線
就脫下來

要寫出這件事時
我猶豫兩秒
然後放下心來

哪個崗哨被問到
都可以說
那是其他港口發生的事

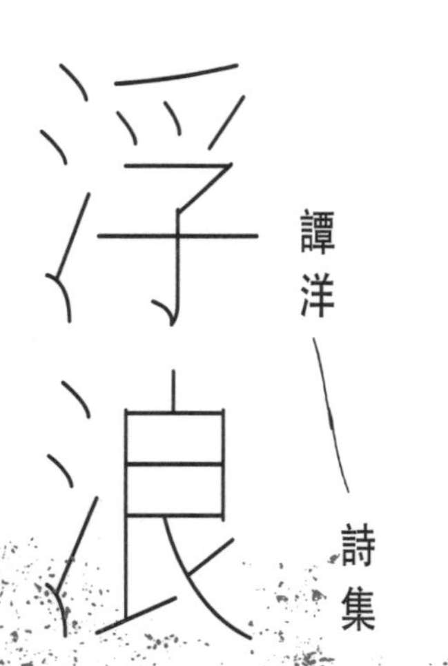

偶爾，耳朵對著我哭泣
它無法將自己合上

我要耳掏走得更深點
將一半長度沒入這條甬道
我挖掘，挖掘
想找到那個埋得太深的句子

想要再輕輕唸一次
然後看它在一夜間長大

2013.10《衛生紙+》詩刊21期

掏耳記

有一天我決定要掏掏耳朵
人在一生中
得反覆無數次做這件事

叫棉花棒掏出那些話
我用不著它們

浮

譚洋

晴天看不到外面的長浪
船懷念陸地

有些人走路上班
有些人尋找堤防

2

人民最有感的兩樣東西：
選舉年前馬路上重鋪的柏油
風雨過後岸邊投下的消波塊

海洋生物最有感的是什麼？
可以忽略不計
牠們沒有投票權

3

海洋保護區要設哪裡都可以
別在有魚群的地方就好

4

我們規定了遊艇
和帆船的檢查項目
也在遊憩辦法中提到獨木舟了
只是沒為他們安排
可以下水和靠岸的港口

2018.10 一稿
2022.06 二稿

戲水規範

某縣市政府防疫期間規定
下水不能划雙人舟

某湖泊管理處規定
下水不能划單人舟

某人工水池管理單位規定
管理員下班前
你不能下水游泳

2022.09

柑仔色的

「柑仔色的來了沒？」

船長張望
船在等待
一臺臨時架好的鏡頭
一支對講機
兩個沒有名字的橘色衛兵

志願役　替代役
海洋或海岸巡防總局
不同臉孔　同一套服裝

我們習慣在碼頭
或用麥克風　或私下
講一句「弟兄辛苦了」
很多時候是為了彼此相處愉快
出海（出境）順利一點

船長有時跟他們聊天氣
聊今天看到的海豚
一邊唸著客人怎麼還沒到
一邊悠閒坐著
跟販賣部的小姐開玩笑

也有因規則被刁難的時候
那天碼頭邊除了海浪聲
滿是緘默

公司臨時換一名船長卻開不了船時
他們緘默
船上人頭多了少了
他們緘默
被鏢殺的海豚運回岸上
他們幫忙搬運
然後緘默

人與船在外海翻覆後
他們前去收拾殘局

船員傳聞
海巡的船有時在近海跳曼波
一前一後　一前一後
用原地折返的航線
把油錢跟工作交待過去

偶爾　遠方有雨雲撕咬天空
那種日子
出海尋鯨像下注
船長出航前跟柑仔色的大喊：
打雷了，打雷了啦！
語氣像玩笑也像牢騷
那班船裡，船員
全程遠離三樓瞭望臺的天線

船員在甲板上的雨雲旁站著
像一支避雷針
柑仔色的弟兄站在口令裡
像一支避雷針

2018.10

花小香*

你叫什麼名字
花小香還是工讀生

你上來時說著什麼樣的故事
某年某日
將噴嚏和氣味留在誰身上
或者遠眺海面
一艘艘不知你在哪
卻仍得巡航、尋找的船

你這次下潛會去多久呢
是不是擔心下一次換氣
浮上海面
多年前的小船和魚叉包圍過來

你吃飽了嗎
長生不死的七彩水母　塑膠糖衣
塞滿你無望的肚腹

你會留在這裡嗎
當愛惜你的人們和螺旋槳刀片
同時欺近身邊

你要說再見了嗎
像那時候跟家族道別
獨自洄游
每次遇見好朋友之後
重複這個動作

你會記得嗎
有些人大聲叫賣你的名字
有些人愛過你　有些人還愛著你
在你不知道
也從未去過的陸地上

* 花小香，花蓮港賞鯨紀錄裡一隻親人的雄性抹香鯨，二〇一四年起，每隔一到數年夏季於花蓮海上現身。最靠近時曾在船舷抬頭「浮窺」，噴氣帶出的水霧濺到船上的解說員身上。「花小香」由海上解說員「海巫婆／湯湯」夏尊湯取名，她並在每次與他相遇後，於臉書留下圖文紀錄。

2021.12

關於海裡要沒魚了這問題

定置漁場表示
流刺網對海洋生態傷害很大

流刺網船長表示
定置漁網放那麼長
魚都被他們捉走

南方澳億元規模捕鯖船隊表示
是被海豚吃光了

旁邊小漁船說
「三腳虎」船隊鯨吞數千噸鯖魚

熱情的市民說
漁民都是愚民要負責

市場魚販說
民眾想吃什麼我們就賣什麼

學者和ＮＧＯ訴求
保護區禁漁做海洋銀行

地方政府和民代訴求
不要影響漁業生計（和選票）

海裡生物訴求移民
去一個哪裡都好
只要沒有人類的地方

2018.10

佈道者

他一開口講話
海洋就美麗起來了！

跟好鏡頭
不要看光圈邊緣
那些被剪裁過的黑暗
裡面什麼都沒有。

我說真的，你相信我。
不要再問了。

2022.01

鏢

牠（飛旋海豚）的身上還插有三叉魚槍，皮開肉綻……雖然解說員與人合力將牠救起，但傷勢實在太重，還沒靠岸就斷氣了。
——2016 .06 .09，公視晚間新聞

他們知道。

三支僭越命運的金屬箭頭
探入頸椎，穿過右肺
在打磨過的木條上蔓生鐵絲
向岸上無法滿足的欲望綿延
一支鏢旗魚的槍
埋進這隻飛旋海豚的身體
牠的靈魂沒有進港
到最後也不被捕獲

海風摻著實話刺進耳朵
鏢旗魚的三支槍頭

已經埋進船上人們背心的縫線裡
一頭倒鉤責任理念，一頭絞緊人情事理
剩下一頭在海面上碎成北風
船隻緩緩輾過這些漣漪

他們當然知道。
他們認得這片海域每一道細小浪花
和每一個會鏢的人
彼此是兄弟，親戚
同村或隔壁鄉
至少是海上遠遠見到
會在風裡揮手問候的朋友
那些獵捕罪行的話語
可以瞄準誰？

他們和濺上船頭的浪花一起緘默
逐漸乾涸
太陽把身體、汗跟淚一起烤成細鹽
三樓瞭望臺上，這裡講的這裡散
我們將所有鹹鹹的　不好下飯的東西
打包帶回家

我們慢慢知道

什麼可以說
什麼無法大聲嚷嚷
什麼會在脫力吶喊之後
像海沙般沉寂
大海的那一邊就是未來
但也只能慢慢航行
寫完這幾句就好
我會繼續學著知道

解剖檯上
人們圍觀的目光中
一把刀子剝下表皮與鯨脂
切開肋骨
盤點器官與內臟：
食道，氣管，四個各有名字的胃
肛門（寄生蟲），生殖裂，睪丸，陰莖
微血管網，左肺與右肺
一顆與人類大小相近的心

順著鏢槍彈道的金屬紋理
沿血管上溯
我們將抵達一個如此飢渴的源頭
貧困，置產，原始狩獵的本能

抑或人生已沒有別的願望

海中的芭蕾舞者上了岸
擱淺磁磚平臺，最後一次
在幾雙塑膠手套中轉身一圈
卸下血肉和骨骼
化為稍縱即逝
血淋淋的知識

呼吸是徒勞、仰望和等待

等這一代的寒夜過去
等著有一天
我們和他們知道的
人們也終將知道
今日語焉不詳的句子
有一天可以拿著麥克風
跟船上的孩子們講：

「人們犯過錯
並在一代代的掙扎與傳述中
慢慢知道……」

2016.07

老王救難

划船跨越海峽之後
王船長來幫忙
細尼龍繩拖著獨木舟和船尾浪
載我們從大島開回小島

一開始
我們不敢登上他膠筏
怕海巡來問
船上多個人頭就多個麻煩*
其實我們不知道
為何要怕這個

船長爆笑：
我都想好了！
你們就說你們不認識我
自己來划船跳島
挑戰自我
體力不支
船隻路過搭救

我們也跟著笑
為了那些被虛構的軟弱
和一文不值的真實

那些不帶惡意和罪惡感的謊言
像碎浪在船舷邊飄
白花花的　那麼純真

* 依照漁業法規定，一般漁船讓不具漁民身份的遊客上船是「違法從事非漁業行為」；立法原意應是防範偷渡，以此規範近年岸際獨木舟遊憩人員，這條法律顯得不合時宜。

2021.11 一稿
2023.09 二稿

「海人」

跟海活在一起的人
通常不會想到
要給自己取這種名字

比如說「呼吸人」「走路人」
「天空人」
或「愛怨的人」

這些名字
稱呼的是需求
和匱乏

總有一些日子
我們會在海邊遇到一個人
他什麼都沒說
脫到精光　回頭
朝岸上還在滔滔不絕的我們瞥一眼
然後用捲浪的速度
縱身潛入海裡

他知道我們不敢跟去

2022.01

淤沙——長濱和某些港口

這裡不應該有沙
人們不希望有。
淤沙就像是那些東西：
人們希望它堆在自己
每天不會經過的那一側。

所有人的容忍
都在淤積。
無止盡的沙堡遊戲
一個小女孩跑上丘頂
看著游泳的我

我伸腳往下探
水底的沙沒有回答。

流水和巨岩溫柔地
看怪手們工作
鋼鐵的筋肉酸痛
重量拗彎了手柄
比如快轉的夾娃娃機

比如金魚網盛起一灘汙泥
重量拗彎了手柄

沒有人逃得開這堆沙：
怪手司機　漁會代表
轉動船舵的船長
觀測議題的師生
在沙與港的生產線上
每個人都分到一個位子
去看，而且做。

沙在某處剷除，在另外某處回填。
沙在某處養育獨木舟玩家。
沙被渴望。
沙被拋棄。
沙變成渣滓，變成地基。
一沙一世界，世界們彼此積壓。
沙是最鬆散也最堅實的箴言。

我們終於低頭看見
我們立足在它之上
或者說
在它之中。

2021.04.19 鏡週刊

新港清晨

海從黑夜之中浮起
慢慢被雨水刷白
未降臨的太陽
走在疑似圓環的市街上

在文獻和教會名字
還標著「新港」的地方
我想到北濱的岬角在眺望
每天第一班船
航向濕地　或者斷崖

腳印和車痕在礫石灘上碾壓
崩壁底下
船長和獨木舟教練趴伏著
觀察湧浪的紋理

他們漂流或者推擠
在沒有泥土的地方
生根或者離去

像近百年前搬遷至此的日本船民
像鰹魚或旗魚
或認真點說：
煙仔，和丁挽

洄游一步步停下來了
日光消逝的歷史
依舊被宣傳成早晨
每天反覆到來

人們優雅地走向早餐店
靜靜走入長日
剩下鏢槍杵在鏢臺旁
盯著地裡的魚*

* 成功鎮海洋環境教育教室，鏢臺體驗區地上的3D壁畫，裡頭是靜止的海浪和一隻卡通旗魚。

2021.10.11

在旭海，一個上午

風浪將礁石
慢慢咀嚼成細沙
鋪出沙灘

我腳下港堤的兩端
將在百年後會合
海裡有答案　沉埋在
我們走不到的地方

再一個小時
我要走到岸邊的海產店
吃炒飯海鮮卷當午餐
傍晚我將得知
它們真實的價格

此刻那輛工程車
慢慢開過來了
一個大叔就要和我攀談
講起這裡忍受飛彈鄰居

換來的修船架
唱出已被大多數人
乃至最後將被他自己遺忘的軍歌

但在這之前
海浪伸手就能摸到的地方
我身邊裝著洋芋片的圓筒傾倒　開始滾動
這個還無法稱之為「未來」的瞬間
詩集用風翻開某一頁
透過我的嘴　開始唸誦

2020.12.15

鹽埕那卡西

在古早的海上方
捷運出口旁
大片的人行道沙洲

一臺走唱喇叭被路燈圍觀
演唱人們夢中的歌曲

幾個阿嬤圍圈　烤聲音的火
夜是時間的貓道
一握麥克風　青春和戀人就回來
海坐在他們身後
不出聲地跟著哼歌

2020.12

三條崙的鞦韆

這些竹竿本來要變成蚵棚
或曾經是蚵棚
現在面向那片夕陽剛剛錯過
或尚未降臨的海岸

一人座的漂流木
兩串蚵殼垂著
收藏悄悄話
任何一個無人聆聽的夢
都有它的座位

心底的鞦韆
來自南洋的沙灘
是電視節目裡
他做給她的——

它後來有跟他們一起回家嗎？

每天都有些什麼被曬得金黃
然後褪成灰黑如夜的碳
像竹竿身上　海的鑿痕
像那些在搖搖晃晃之中說出來
最後斑駁成鹽和鐵鏽的話

海不在意誰坐過
或誰會坐上來
現在它只是空空的
像一個正講到結尾的故事
無需探問

2021.07.26 鏡週刊
2022 收錄於《2021 臺灣詩選：年度詩選四十週年》

沙洲在看著透視法

那漁人將繩子上肩
拖著後頭整個沙洲的塵暴
往逃竄的溪流
往惶惑的海浪走去
和它們會合

等候著的竹筏
被不知什麼拴在岸邊
或者僅僅是　它腳下的那些沙
還沒完全被掏空

在人和船外頭
並不保護著什麼的流水圍繞著他們
或鹹或淡

沖積平原的每一寸
都是入口
也都是逃生門

來去的船隻　無從定居的人們
在觀景窗裡獲贈
一個無所適從的框框
世界悄悄向我透露
規格在它懷中
是如此矮小的字眼

為了拍攝環景
開始轉圈。在擺動的那瞬間
港口、沙洲和岩石
已將一個無故到此的人
圈成全景的一部份

一個無所不有的地方
閃現於自轉中途
螢幕手抖畫成的一格像素裡

在衛星的凝視之中
所有的我們
足以湊成一條朦朧的銀河嗎

2021.11.01 鏡週刊

彰濱，胎中漁港

葉片在天空豎起斷頭臺
每次大鵬翅膀的陰影掠過我
就像死亡從身邊走過

我找到了一個
地圖還未及為它命名的地方
一個懷抱希望的無望之地
那裡被風脹滿
海岸是一顆透明緊繃的氣球
摩托車騎著柏油和空氣
斜斜地滑翔

漁會說，這裡要有港
於是鑿破陸地
土壤中有了海水
世界不用再依賴潮汐
膠筏將日夜航行
漁獲會繼續永恆地
減半再減半

纍纍的工時壓彎人的背脊
吊起產量曲線
就算那正如升降臺
緩緩下墜

漁港工地旁的整排樹苗像膠筏
整齊茫然地排列
昨日海的獵手
今日被海岸綑縛的漁工
只求更多時間出海
不奢望任何數字回來

2021.07

基隆之鷹

一隻鷹經過港口和城鎮攣生相連的裂縫
牠從上空滑翔而過

一隻鷹經過山峰上矗立的巨大「K」與「G」
牠從上空滑翔而過

一隻鷹經過鐵枝路、霓虹和暗紅的窗
牠從上空滑翔而過

一隻鷹經過砲臺、博物館、最近的離島與最遠的水手
牠從上空滑翔而過

一隻鷹經過橋邊的獨立書店和遠處一群彩色的樓房
牠從上空滑翔而過

一隻鷹經過水上城寨、昔日泊滿委託行的街巷
牠從上空滑翔而過

一隻鷹經過天橋和甬道裡或坐或臥割去名字的人
牠從上空滑翔而過

一隻鷹經過紅燈籠、飛檐與沉靜垂釣的神明
牠從上空滑翔而過

一隻鷹經過卡其背心大砲相機久站如欄杆的人們
牠從上空滑翔而過

一隻鷹經過我的朋友和久違到不適合再見的朋友
牠從上空滑翔而過

一隻鷹經過沒有結果有時花都還沒開的愛情故事
牠從上空滑翔而過

一隻鷹經過除了朝婚姻陷落之外無處可去的愛情故事
牠從上空滑翔而過

一隻鷹經過殖民者造船廠軍艦商船轄區主權疆土潮界
牠從上空滑翔而過

一隻鷹經過認同與夢、眼淚與汗、從不入睡的時間
牠從上空滑翔而過

一隻鷹經過親密的雨和陌生的陽光
牠從上空滑翔而過

2021.07

在坎仔頂

那個穿雨鞋推著三輪機車的男人
穿過漁市和人群
朝我的鏡頭走過來

不好意思
剛剛可能有拍到我
可以刪掉嗎

那個
可不可以現在？
不好意思噢
謝謝。

2020.12.23

馬崗

北風和三角湧雕出的小村
每扇孤立的磚砌的門
通向不同的時空

咖啡館掌櫃蒸煮著
塵埃細細訴說的歷史
岬角像豎起的食指
測量東北季風
門口的貓銜著一兩片零碎故事
細嚼呼嘯而過的時間

魚骨的顏色
浮現海水的藍綠色紋理
石磚厝圍攏成一座
在枯萎中萌芽的村落

夜裡，照亮家門的路燈底下
一座座古老的房屋互相附耳交談
甚至在風暴中
起身走動⋯⋯

2021.01

紅燈塔

記憶被刷成白色
矗立在那個終有一天
將被爆破　沉沒的地方
海底的殘骸
有人說清走了
有人相信還在

來自過往的少年們
重新游到對岸
身體在漂流和上浮中逐漸老舊
眼神互相提醒：
別回頭看
那個沙塵湮沒的漁村

不再被觸碰的堤防
遠遠地　周日釣客在港嘴
拉起一條兩米長的
人影化成的大魚

在燈塔下站崗一周的鸕鷀
經過的魚鷹
閃躲著大船和餌的河豚

牠們傾聽著
即便是海水和淤泥
也不願將它湮沒的故事

註：一九八〇年代起，花蓮港第四期擴港工程，將堤防外擴、建築東堤；一九八九年，將舊有的白燈塔爆破炸毀。同一時期，將岸邊「鳥踏石」漁村居民遷走。少年們游泳的起點和折返點不再，舊漁村成為今日港邊的深水貨運碼頭，住民與記憶多半失散，江湖傳聞，他們只在每年土地公生日時在小廟重逢。

2022.1
2022.4 二稿
2023.1 三稿

春季，靜默的海

鐵捲門退潮
向下封閉　掩蓋

划舟與海泳的孩子們
越過了港嘴

碎浪喚醒白霧
礁岩沉默
它知道有些什麼在席捲而來
覆上所有堅硬
乾燥的身體

話語像卵石相互敲擊
思索著的人經過小徑和早市
他的生活無從閃避

奔走或如常
鞋印們在剩下幾間
有開的早餐店裡聚集

其他門口　立牌圍成堤防
我們暗自允許

那通改變機遇的電話
在街角響起
捲浪在海岸底下翻動礫石
聲響細小
無可挽回

2022.04

防風林裡的碎浪

有時看得見海的列車

按下看海的快門
光線後頭便是漫長的隧道

海灘，黏合的山脈
傷疤似的礦場
陸客團與旅遊小家庭
像車窗倒影湧入

席地而坐的人
不必擔心下一站要讓座

行李箱高低對望
每支手機是一顆星星
當隧道席捲而來，黑洞就亮起
天文學家醒了
沒為行李箱設計對話功能
自有原因

有時車窗染上海的顏色
總是回程的人
從另一側隔著椅子張望

一小群親友突如其來的笑聲
是禁不起抽絲剝繭的

車掌慢慢習慣
乘客不帶票上車了
只像要簽帳般遞出悠遊卡
當然這僅限於
最廉價的車廂

我無法把標題定成「海線」
因為在臺北跟花蓮間只有一條路
只在悲憤時興建
只在選舉前通車
只在客運廣告裡感謝勞工
只在抗議時安全回家

海被隔在山脈跟隧道後頭
客輪漸漸來得少了
別擔心，拐幾個彎
穿過無從會車的軌道
我們就會來到以完美裝飾的首都
像多年前的電影畫面

不管是向前或倒帶
隧道盡頭必須是光

2019.01.07 鏡週刊

秋天的開端

她附在我耳邊
分享那個我無法承受的祕密

憧憬的五色鳥
被什麼給驚飛了
無法離地的觀景窗裡
樹枝擠出善意
拘謹地招手

我知道
她說謝謝時
沒有——
或假裝沒有在想任何事
我一直都知道

期待濕熱的颱風撲上土地
暴雨淹沒每一個人如同
意料之外的擁抱
窯裡升起的火
悶烤我們無從乾燥的身體

什麼時候
我們已經走過碎浪的界線
看捲浪從眼前蓋下
海湧將我們輕輕托向天空
穿過我們　不再回頭

當潮線褪去腳邊的浪
磕傷我的石頭
都磨成沙灘
就能假裝路過了滄海桑田

守護莊園的狗吠聲
在晚風裡睡著了
它本該辨認誰是朋友
誰是陌生人

我把身體裡的嚎叫
洩出一點點
她就往後退了
恰如那齣我不願分析
卻總是逕自彩排的劇本
吹熄所有的燈
月光浸濕全身

麻雀在園地裡嘰嘰喳喳
沿著機遇留下的足跡　隨意聚散
春天去向不明
不用怕　狗都栓好了
颱風已經一路走到
連海也無法丈量的地方

葉子開始枯黃時
不會特別通知誰

你那顆熱量的
下水也無法冷卻的心
就用接下來一整年代償

2019.10.28 鏡週刊

某些時間

早餐店牆上
那座老是快二十分鐘的鐘
今天回到了此時此刻

我假裝不再恨妒那些人
那些人也順利忘記了我

陽光沒有花時間
回顧昨天的溫度

浪上岸之後
又走回海裡
遇見下一道浪

某個不設定鬧鐘的日子

一個工人扛著
總有一天會把他壓彎的東西
若無其事經過我身邊

他有下一個要去的地方
他還有無數件工作

他沒有趕著要去哪裡

2019.10.28 鏡週刊

颱風浪

晴天看不到外面的長浪
船懷念陸地

有些人走路上班
有些人尋找堤防

2021.12

集魚燈

你是漁火
他們是羅網
無人是魚群

我只是迷途　被混獲
長有背鰭的影子

2022.01

螢光

今晚無人機的魚餌
也釣起了垂落的星星

2022.01

碎浪

水深及膝的地方
其實沒有浮力
波浪在那裡爆炸，死去
看似最安全的地方
那水深其實最難站起來
——和生活多麼相像

長浪像遙遠記憶般湧來
離岸的流水是那些留不住的人
不知不覺間
他們牽著我們一起游
游向廣袤的
海岸再也到不了的地方

逆流回返的時間近乎永恆
被浮標代替的雙手
划著渺小的圓
從沒頂處開始祈禱
後面撲來一波
不知是寬厚或凶悍的捲浪

碎浪往更遠處鋪開
把我抬起　翻動
像把玩鵝卵石那樣淘洗
石頭起伏成浪
水花流動成天空
氣泡是呼吸和言語
短短幾秒裡
人是還沒學會呼吸的魚

再過幾秒
它將我還給陸地
還給那個滿是噪音的世界
它知道我會想再回去

但你只能在這條
礫石堆成的小徑上走
弄濕身體再走回來
不要回頭
即使是能感動冥王的豎琴手
上岸的時間裡
也不能偷看逝去的親愛的人一眼

往後望　只有捲浪
和不斷漲退的時間朝你走來
腳下只有碎浪
你反覆提醒著自己
那是波浪開始死去的地方

2019.08.05 鏡週刊

夜泳者

我只是把一切顏色
和自己的身體都轉鬆了
被海流領著走
知道自己終究會上岸

那個回來了的男人
被陽光浸透
面容因潮濕而過曝
像是光裡有火
將身上的邊線慢慢燒暈
直到夜的潮汐
無法觸摸

我留下他的電話　三天後
那串數字在海濱公路上
從我寬鬆的口袋裡飛出
就此不知去向

我那時該跟他說的：
我不敢這樣漂
知道外面有流。

現在
連那句話也漂走了

2021.11

天光

紗窗篩過的陽光
攤在桌上　晾成帆形
今天有些海浪
越漂越遠

長年的家人站在對街
我是否接受
自己就這樣走過去
然後停泊

2021.12

海角

當一把鋤頭
一棵被種的樹苗
或是剛好坐在這裡
接住風箏的樹梢

2021.12

白鶺鴒

有些浪花飛得太遠
離開了堤防

2021.01

樹脂

地板凝固
舟和水被隔開

夢不記得
自己靜止下來的形狀

你是陪命運走過一段的人
到了港的開口
某一邊的盡頭　祂總得
在對岸跟你道別

那些貌似自由的瞬間
你和光線
都沒有察覺

2022.01

一則只有兩段的故事

在港邊，她像是想到什麼似地
提起去年剛剛結婚；現在在這裡工作。

一如既往。我又多了一個
不想走近的地方。

2019.12

翠鳥

是你在尋覓河邊的巢
或是我誤認了
天空剝落的一角？

被呵護著的小女孩
雙腳浸了海水
父母將她抱到另一邊
更濁的溪水裡洗淨

幾個從課堂佚失的男孩
垂釣　騎漂流木　脫衣褲
撲進白浪裡　脫胎成魚

釣竿上一串吐司邊
無色的月桃花
在等待與機遇間擺盪

消波塊上
一隻八哥和另一隻八哥討論著一大群八哥

直到一團枯葉長出翅膀和腋下白點
朝季風與饑餓
朝厚密如樹蔭的死亡
滑翔　迫降

攀住垂落的陽光
萬花筒的圖案轉瞬即逝
幸福不是有羽毛之物*
但有人正提著沒有嘴喙的鳥籠
在樹蔭裡踱步
期待被找到

* 改寫自艾蜜莉・狄更生詩句「希望是帶有羽毛之物」。

2021.02

命運

一個紙團。明日充滿皺摺
被擠壓的
輕巧碎裂聲

柔軟在柔軟地消逝

微小的堤防
永遠不變的昨天

像漁港和某個獨自垂釣的人
靜靜忍耐著時光

2022.03

逃亡

布扎第的鯊魚*
帶著祕密追到這裡來
牠長著一張
和少年時的我一樣的臉
像長著爪子的嬰兒
在沙灘上爬行

記得礁岩的鐵灰色擁抱
眼神環繞地上鋪滿的卵石
假裝它們不在

喜歡刮痕和寂靜
燃燒的門扉

在翡翠色的大海邊
每愛上一群人
就逃離他們一次

浪花不去細數
只是一次次重來

* 迪諾・布扎第(Dino Buzzati)小說〈鯊魚〉中，鯊魚帶著祕密訊息追著一個孩子，從小到大。

2022.03

關於時間與距離

七十四公里的海岸線*
清晨出門前老母慣例式的擁抱
想逃離油箱的機車油門
靜靜的晚餐
與家人傳的訊息
日曆上錯過的日期
翻閱掠過的月份
那個無需懂事的年歲
追尋衝撞甩離然後領悟的十年
一通改變命運的電話
一道朝地面彎折手指的湧浪
一間慢慢變成每個月去一次的冰店
一個想再講上話的人
一則戀愛消息
一個看來更加完整的家庭
一個好像必要的獎項
一頓在街上感覺很久很久其實二十分鐘的早餐

今早花了一分鐘
從宿舍來到辦公室

* 七十四公里，每周從鹽寮蘇帆家園通勤至長濱國中的路程距離。

2022.08

向晚瞭望

每天傍晚五點
在有些季節裡是光
另外一些是黑暗
建築裡的人都收拾好東西
甚至提早鎖上門離開的時刻

烏頭翁們看見一個
背望遠鏡的人走到海邊
坐半小時凝視海面
樹枝伸展或枯頹
牠們互相追打、歌唱、排泄
交配和繁衍
度過刻意肥胖的冬季
然後在牠們無法掌控的世界裡
消瘦　墜落
然後以相似的模樣再次佇立
在牠們從來無須使用的電力和膠管上方

當我們同時諦聽
那些削磨著生活的什麼
我們便開始一場祕密交談

每個獨處的時刻
都自以為將身子藏進隧道
不被誰看見

捕魚的人在觀望（名符其實）
他們反覆路過　引擎聲疑問著
不為捉魚而看海面
想收穫什麼

看——僅僅是看。
想——不為任何人或事情而想。
這些時刻
無法拍賣標價的奢侈品
我們可以用什麼交換

某日清晨
一個剛從夜裡醒轉的精靈女子
穿著午夜零時的顏色

站在超商櫃檯邊等咖啡
察覺到我的目光
兩三次回頭張望

因為正在打下這幾個句子
我錯過了她的視線

2022.06

淋濕的夜晚

在逸失顏色的地方
波濤從深處湧上

群沙和鵝卵石的部落在遷徙
穿越沒頂之處
抵達被曬成銀白色的
更不可測的命運

另一些人把月暈種進土裡
收穫白色的走路的根

海霧漫步穿越防風林
年幼的木麻黃樹苗
還沒學會彎曲自己的身體
它祈禱自己有一雙腳
離開礫石灘
走向不同的結局

最深的顏色終究
沒吃下任何人
所有跟著海浪走的孩子們
發現自己迷路在光裡

失落是那麼遼闊
小島們彼此堆疊
遊蕩在海口
等待上空的灣澳　黎明
不可逆的明天
一個個朝自己背上踩踏而來

2022.01 初稿
2022.10 二稿

南迴

海和山坡的背脊
妳的眼神
分離前那一刻
幸福與寂靜朦朧難辨

街上轟隆而過的小牛車
客運在路旁以藍鯨的體態擱淺
妳從它體內走下對街
悠哉坐著如曬在路燈光暈裡的石子
南方的風將妳包裹
渾身火焰　無處撫摸

回來的路上
整天下雨
在我身上種出魚鱗
總在躲避
而雙腳每日逃跑
被看在我們彼此眼裡

妳又歪過頭說
沒有彼此
一邊從望向南洋的岬角
幾次捎來客套的訊息

2022.06

聽風

半夜躊躇的獸
用透明的爪耙抓山丘

聽房間慢慢凝固成洞穴
黑夜如鯊
在礁石外巡游

白色燭光偶爾熄滅
祕密總是在這時來訪
提著路燈
穿越窗縫

「我是你的命運嗎」
「妳是比那更多的東西」*
一篇剛完的小說如是說

夜晚燃去大半
依然與清醒共枕
它長著猶如月色的臉龐
輕輕撫觸自己

黎明沿著黑夜每日散步的小徑
走過港邊

* 出自《獵魔士：命運之劍》。

2022.04 初稿
2022.10 二稿

鏽蝕

時間的縫隙
沾上望遠鏡氣味

從陰天抖落
潮濕厭倦的鳥羽
閃電從橡膠體內走過
站著或旋轉著
偷瞄背後的海面

停下的機車們群聚
那些等待的都在離開
奔赴者塵埃落定
夜捎來消息
路燈佇立在浪濤的回音裡
低頭用一隻眼閱讀

有人的故事說著
巨人溺斃後如何躺在海灘上
被歲月慢慢地　無從察覺地分解*

那都是一些鯨的故事
你這樣安撫自己

* 註：故事出自Netflix動畫影集「愛 X 死 X 機器人」
第二季《溺斃的巨人》。

2022.06

霧面

海濱公路邊
警示牌標著
「浪濤拍擊
小心安全」

某年某月
一陣雨經過
寫下了幾句話

太冷的霧
沉澱成了夜
車燈只是向前發光
然後被捻熄

收納太多溪流和心事
車上的男孩們默默無語

想起有幾艘船曾聚在
破曉時分　港嘴外的海面

躲著風。
但最後沒說出口

這樣的話題
不適合在長途車上提起

2022.01

黑洞

來到沒有邊界的海岸
貌似自由的潮汐
把自己重新圈進一顆卵石內

你會在浪花止息的地方
反覆遇見那個
名為自己的幽靈

這一生最遠的步行
就到這裡了嗎
想起許久不用的問號
沙與鹽拌炒
叢生的否定句
那麼多人
等待著晨曦拯救

海走來
我和祂擦肩而過

2022.01

深夜騎在海濱公路

將後照鏡裡的路燈
誤認成同伴

在直線的後背上衝刺
暗自決定
沿路每一道蜿蜒都有意義

靜物在幻覺裡挪動身體
山嵐黝黑　凝固成夜
海遠遠嗅聞著
漫遊者鬆脫的體溫

里程數的金色雪花
在永遠不會抵達的眼前
飄落　堆積

黎明蜷曲成山腳和漁港旁
我們昨夜的睡姿

——連「我們」這個詞
都只是寒涼的偽裝
讓我向現在閱讀著這句話的你
在這裡全盤托出：

我的虎口只握得住機車油門
旋轉然後前進
這世界對於風以外的事物
並不特別放在心上

2022.01

日出

路面燙金
在寒涼的空氣裡
山跟海都睡眼惺忪

光線驅趕著我
稍縱即逝的引擎聲
正跟一隻散步的鶺鴒問路

海濱學校和公路的交界
一個站崗的教師
認出了我
和我已經不可見的旅途

金色的事物總是不擅記憶
這多麼令人欣慰

2022.01

小阿姨

在海邊的小鎮
很多女人把自己
活成了這個名字

2022.01

有雨

前世的海
為了飄蕩而轉生

水滴今天也降落在
無處可去的身體上

2022.01

跋：理由

結果到最後
我喜歡海不是因為戶外
或者某個無需再提的女孩

只是因為我活得
跟它，跟它上頭的人
有那麼一點像

當然你無法
扮演那些走得更遠
愛怨得更深
被浪和礁石
搗得支離破碎的人

請原諒我
當妳輕快地聊起這些
我總是吞吞吐吐
或看向天空

我遇見過一些
還不夠荒涼的顏色

這是為什麼
有時我滔滔訴說
有時我沉默

2022.01

後記：走向海的房間

這裡是長濱國中的職員宿舍。我剛好住到面海側的邊間，從房裡的兩扇大窗看出去，可以望見一小片長濱漁港，和更外頭的海灣。前幾年造舟周新船下水的沙灘，帶孩子划船的海灣。旁邊是港嘴經年的淤沙被鏟起、堆積而成的淺灰色山丘。再外面一點，前陣子有泡綿做的波特船，在近岸海域非常幸運地見到大翅鯨深黑色的背部浮出海面。

海是每分鐘不斷增修的天方夜譚。總是有那麼多的故事，那麼多飛揚或幽深的情境，在岸邊、在海上浮現。不論是我二〇一五年秋天第一次坐賞鯨船來到太平洋，隔年成為海上解說員，再隔年有一百多天在甲板上搖晃著說海洋的故事；或是二〇一七年開始學划獨木舟和海泳，接下來幾年陪伴從幼兒到銀髮族的不同年齡層朋友，第一次將身體泡進海水的瞬間；或是二〇二一年底，來到海角天涯般的長濱，驚艷於海洋教育在體制的縫隙間伸展怒放——

我是甲板上的旅客，海面漂泳的志工教練，海上成年禮的戒護划手，一個喜歡游泳與船，喜歡身體泡進水裡的人。我是一個有時寫字的房間，有自己的稜角和容積，卻在每次走向海時，被更開闊自由的世界擁抱、包容。我是大海和這一切面前的一個小嬰兒，如同每一顆被浪打溼的石頭和沙粒，在水裡翻滾，同時感覺自己在飛。

十年前從東華華文所畢業時，我有了一本畢業作品詩集。但到了三年前將青年創作補助計畫結案時，我已經篤定：因為有了這些接近海的歲月，人生第一本詩集，必須與海有關。為了給自己認識的那些漁船船長和船員，那些聽聞過的議題和奇談，還有那些活在移動之中、又在生活裡追尋著停泊的人們，留下一些速寫的肖像，安穩收進洶湧流逝的時間裡。謝謝鼓勵、支援我繼續寫的每一個人以及小寫出版，這個夢終於完成了第一步。

如果這本詩集裡有任何一個句子，或任何一個人在你想像中的形象，令你好奇，請不用猶豫，儘管去海岸或港口走走，找找他們吧。他們可能常在那裡，但不是永遠——海從來不保證讓什麼東西永遠不變。但來到海岸漫步或探尋的人，也從來不曾完全空手而回。如果你去過海邊或山裡，你會明白我形容的感覺是什麼。

這裡是北濱公園。花蓮港的紅燈塔和美崙溪出海口的沙灘每天對望，有時衝浪客看著賞鯨船繞過港嘴往外頭的太平洋尋找鯨豚。有時我也在這內灣，帶著浮標仰頭出水換氣，朝船上的船員們遠遠地揮手。這是我接觸海洋的起點，新的故鄉，和我的歸宿。一碰到海水，我就回來。

一起來弄溼我們的腳和身體吧，從一個句子或念頭開始。老穿著鞋子和套裝，你不悶嗎？

感謝名單：

財團法人花蓮縣蘇帆海洋文化與藝術基金會
財團法人黑潮海洋文教基金會
臺東縣立長濱國民中學
蘇達貞（拖鞋教授）
林向葵（向日葵媽媽）
江文龍　船長　與花蓮港討海人們
林嘉琦、王緒昂、林思瑩（黑潮解說員，審訂）
吳偉競（長濱科技中心主任）

譚洋簡介：

本名譚凱聰。喜歡海泳與船的男子，有時寫作。東華華文所創作組畢，現任蘇帆海洋基金會親海教練、臺東長濱國中行政助理、黑潮基金會海上解說員。活在東海岸，將其他的交給詩與未知。

書名：浮浪

作者：譚洋

封面、版型設計：許晉維
內頁排版：梁佳欣
校對：虹風 / 譚洋

出版：小小書房小寫出版
社長：詹元成
總編輯：虹風
地址：23441 新北市永和區文化路 192 巷 4 弄 2 之 1 號
電話：02 2923 1925
傳真：02 2923 1926
官網：https://smallbooks.com.tw
電子信箱：smallbooks.edit@gmail.com

總經銷：大和書報圖書股份有限公司
地址： 248 新北市新莊區五工五路 2 號
電話：02 8990 2588
傳真：02 2299 7900

印刷：崎威彩藝有限公司
初版：二〇二三年十一月
ISBN：978-626-96687-9-3（平裝）
售價：新臺幣 330 元

浮浪 / 譚洋作 ・初版・新北市：小小書房小寫出版・2023 .11 ・面 ;公分
ISBN 978 -626 -96687 -9 -3 (平裝) 863 .51 112018103